Analyse de l'œuvre

Par Amandine Farges

Les impatientes

de Djaïli Amadou Amal

lePetitLittéraire.fr

Analyse de l'œuvre

Par Amandine Farges

Les impatientes

de Djaïli Amadou Amal

Rendez-vous sur lepetitlitteraire.fr et découvrez :

Plus de 1200 analyses
Claires et synthétiques
Téléchargeables en 30 secondes
À imprimer chez soi

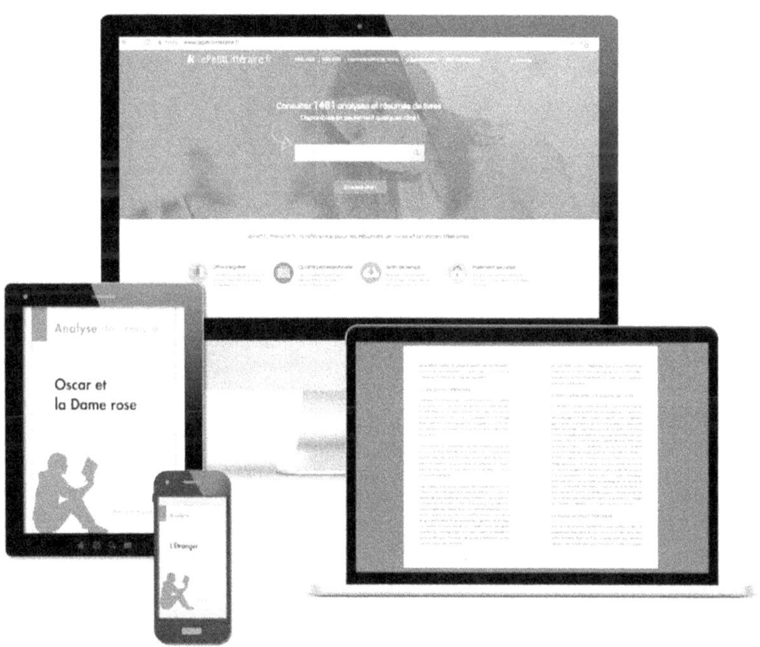

POUR ALLER PLUS LOIN 31

LES IMPATIENTES

UN ROMAN POLYPHONIQUE SUR LA CONDITION DES FEMMES AU SAHEL

- **Genre :** roman
- **Édition de référence :** *Les Impatientes*, Paris, Éditions Emmanuelle Collas, 2020, 252 p.
- **1re édition :** 2020.
- **Thématiques :** droit des femmes, mariage forcé, Sahel, polyphonie, autobiographie, société musulmane.

En 2017, Djaïli Amadou Amal publie au Cameroun son troisième roman, *Munyal, les larmes de la patience*. Dans celui-ci, on suit le destin de trois femmes, Ramla, Hindou et Safira, liées par leur mariage. L'ouvrage met en lumière l'oppression des femmes dans la société musulmane du Sahel.

Lauréat de la sélection de l'Alliance internationale des éditeurs indépendants, ce texte bénéficie d'une large diffusion dans l'ensemble des pays d'Afrique francophone et remporte en 2019 le 1er Prix Orange du Livre en Afrique, ainsi que le prix de la Presse panafricaine 2019.

Grâce à ce rayonnement international, l'éditrice Emmanuelle Colas s'empare du texte. Après un retravail avec l'autrice afin de rendre le texte plus accessible à des lecteurs non africains, le roman sort en France sous le titre *Les Impatientes*, en septembre 2020.

Sélectionné pour le Goncourt, il remportera de multiples prix, dont le Goncourt des lycéens ainsi que de nombreux Choix Goncourt (Orient, Royaume-Uni, Tunisie, Serbie, Algérie, République tchèque et Grèce). Le roman reçoit également le Prix littéraire de l'AIMF.

C'est en outre un succès de librairie puisque *Les Impatientes* s'est vendu à plus de 100 000 exemplaires.

DJAÏLI AMADOU AMAL

ÉCRIVAINE CAMEROUNAISE

- **Né en 1975 à Maroua (Cameroun)**
- **Quelques-unes de ses œuvres :**
  - *Walaande, l'art de partager un mari* (2010), roman
  - *Mistiriijo, la mangeuse d'âmes* (2013), roman
  - *Munyal, les larmes de la patience* (2017), roman

Née au Cameroun d'un père camerounais et d'une mère égyptienne, Djaïli Amadou Amal est mariée de force à l'âge de 17 ans. Après cinq années, elle arrive à rompre ce mariage.

Après un second mariage désastreux (son époux se révèlera être violent), elle se met à écrire.

Dès son premier roman publié en 2010, *Walaande, l'art de partager un mari*, elle s'intéresse à la condition féminine dans la société musulmane. Cette histoire, d'inspiration autobiographique, de quatre femmes peules se partageant le même époux rencontre immédiatement le succès. Ses romans suivants confirment son talent de conteuse et font d'elle l'écrivaine la plus importante du Cameroun. En effet, chacun de ses ouvrages reçoit de nombreuses récompenses.

Surnommée par la presse camerounaise « la voix des sans-voix », elle s'engage sans relâche en faveur des droits des femmes.

Elle vit actuellement avec son nouveau mari, écrivain comme elle, à Douala, au Cameroun.

RÉSUMÉ

RAMLA

Alors que Ramla et sa sœur Hindou vont se marier, elles écoutent les hommes de leur famille (père et oncles) et leurs amis leur transmettre leurs conseils pour être de bonnes épouses. Il s'agit d'un mariage non désiré pour Ramla qui découvre à ce moment-là qu'il en va de même pour Hindou.

Ramla rencontre Safira, la première, et seule jusqu'ici, épouse d'Alhadji Issa. Dès le premier regard, elle sent la haine que lui porte cette femme. La belle-sœur de Ramla leur explique à toutes les deux leurs devoirs respectifs : ceux de Ramla, l'*amariya* (nouvelle épouse), et ceux de Safira, la *daada-saaré* (la première épouse). Puis c'est à sa tante qu'il revient de conduire Ramla dans la chambre nuptiale.

Ramla explique qu'elle aurait voulu continuer ses études pour devenir pharmacienne. Ses rêves ne sont pas ceux de la société dans laquelle elle vit. Seul son frère Amadou, étudiant à l'université, la comprend. C'est d'ailleurs le meilleur ami de celui-ci, Aminou, qui étudie la télécommunication en Tunisie afin de devenir ingénieur, qu'elle aurait voulu épouser. Mais ce projet de mariage n'a pas pu se concrétiser, car son père a accordé sa main à un autre prétendant qui correspond bien plus à ce qu'il attend. Partenaire dans ses affaires, Alhadji Issa est riche. Il est aussi plus âgé et a déjà une épouse. Il est « l'homme le plus important de la ville ».

Le père de Ramla propose à Aminou de se marier à la place avec une autre de ses filles. Aminou est fou de colère, puis, désespéré devant le refus catégorique du père, il finit par repartir en Tunisie.

On prépare Ramla au mariage : massage, crème et fragrances pour que la peau soit douce et parfumée. On la tatoue également, aux initiales de son époux.

À ses ultimes protestations, sa mère impose une fin de non-recevoir, lui expliquant que ce n'est pas à elle de savoir ce qui est le mieux pour elle et que son mariage importe pour toute la famille.

La veille du mariage, Ramla est malheureuse à cause d'Aminou et anxieuse à l'idée de ce qui l'attend. Tard dans la nuit, elle quitte sa chambre pour aller prendre l'air. Elle rencontre Hindou qui lui explique qu'elle est terrorisée par son futur époux dont les frasques sont connues. En effet, Moubarak se drogue et a violé la domestique de sa mère. L'affaire a été étouffée, mais Hindou sait, pour l'avoir rencontré une fois depuis que leur mariage est prévu, qu'il porte en lui une violence physique et sexuelle.

C'est la journée du mariage. Après l'imam, un griot déclame la formule qui scelle les mariages de Ramla et d'Hindou. Puis la fête commence alors que les femmes sont à l'intérieur de leur appartement et les mariées dans la chambre.

HINDOU

Maintenant qu'Hindou est mariée à son cousin Moubarak, elle « appartient à la concession » de son oncle Moussa, dont les nombreuses coépouses ne s'entendent pas du tout.

Comme l'une de ses rencontres avec son cousin l'avait persuadée qu'il serait violent avec elle, le jour de son mariage, elle a supplié qu'on ne le lui impose pas. Peine perdue : on la force à quitter sa maison et son père n'a pas un mot pour elle.

Dès que le mariage est déclaré, Moubarak se jette sur elle. Comme elle proteste, il la bat, allant jusqu'à l'assommer de ses coups. Quand elle parait le lendemain, pleine de bleus et d'ecchymoses, personne n'est scandalisé. On lui reproche simplement de ne pas avoir passé sous silence cet évènement en retenant ses cris.

Une routine se met en place dans sa nouvelle concession. Tout est règlementé, et notamment la cuisine et les repas que les hommes et les femmes prennent séparément. La vie avec son mari n'est pas de tout repos, s'il peut être agréable quelquefois, il est plus fréquemment méchant et violent.

Un après-midi, Moubarak amène une de ses maitresses à la concession. Devant une telle provocation, Hindou quitte la maison et retourne chez son père, ce qui est strictement interdit dans les mois qui suivent le mariage. Son père ne veut rien entendre ; pour lui, quoi qu'ait fait Moubarak, une épouse doit rester chez elle. Pour le lui faire comprendre, sa mère Amraou lui raconte sa propre histoire, exemple même d'abnégation. En effet, alors qu'elle avait 14 ans, elle a remplacé sa sœur morte dans la maison et le lit de son mari.

Hindou est donc ramenée chez son mari qui continue à la frapper, ce dont personne ne s'émeut. Hindou s'efface de plus en plus. Elle ne dort ni ne mange plus. Après une énième explosion de violence qui manque de tuer sa femme, Moubarak s'excuse, avant de la violer à nouveau.

Dans la nuit qui suit cette énième agression, Hindou prend sa décision : il lui faut partir.

Après une fugue d'un mois (passé dans une famille rurale qui l'a recueillie sans rien lui demander), Hindou est retrouvée par sa famille. Personne ne la comprend. Son père lui fait part de sa fureur d'avoir été déshonoré par cette fugue. Il retourne sa colère contre la mère d'Hindou qu'il répudie après l'avoir fouettée. Amraou fait front et, orgueilleuse, lui dit qu'elle n'est pas répudiée, mais qu'elle part de son plein gré (sachant que son mari ne la laissera pas faire). Moubarak, de son côté, a droit à une petite leçon de morale. Hindou se rend compte que, suite à cette nuit-là, elle est enceinte.

Hindou perd pied. Elle mène sa grossesse à terme, mais ne ressent rien, ni pour son enfant (une fille) ni pour quoi que ce soit. Elle se retranche en elle-même, entend des voix. On la dit malade, puis folle... et on la traite comme telle...

SAFIRA

Le jour du mariage de son époux avec sa nouvelle femme Ramla, Safira écoute les conseils de sa tante qui l'exhorte à la patience et à ne surtout pas montrer les sentiments que cette union lui inspire. Il est difficile pour elle de cacher sa tristesse à l'idée de ne plus suffire à Alhadji Issa, après vingt ans de mariage, et son angoisse devant la beauté de la jeune Ramla. Elle arrive finalement à faire bonne figure pour accueillir cette coépouse.

Une fois que les jeunes mariés se sont retirés dans leur appartement, Halima, la meilleure amie de Safira, vient lui tenir compagnie et la rassurer sur sa place et son pouvoir en tant que première épouse.

Le huitième jour, où normalement Safira reprend la vie avec son mari pour une semaine, celui-ci lui annonce qu'il part à Yaoundé avec Ramla. Elle décide de réagir et convoque son frère, sa mère et sa meilleure amie pour leur demander d'aller voir des marabouts qui la débarrasseront de sa rivale. Elle vend une de ses parures pour se procurer de l'argent pour ses plans.

Safira surveille sa coépouse et notamment ses cycles pour être sure qu'elle ne tombe pas enceinte. Elle met au point des stratagèmes pour se procurer de l'argent (allant jusqu'à en soustraire de la *zakat*, l'aumône destinée aux pauvres).

Suite à un voyage qu'a fait Alhadji à Paris avec Ramla, Safira trouve une grosse liasse d'euros dans le coffre que les coépouses savent comment ouvrir. Elle les vole et les confie à Halima. Quand Alhadji découvre le vol, il convoque ses deux coépouses. Comme aucune n'avoue, il les répudie. Si Ramla se lève et part, Safira argumente en évoquant les vingt années passées ensemble et leurs enfants. Il ne fléchit pas. En route vers la concession de son père, elle demande à être conduite chez sa belle-sœur. Celle-ci va faire en sorte que la répudiation n'ait pas lieu pour que cela n'entache pas la famille. Finalement, les deux coépouses réintègrent la concession. Safira continue ses « malversations » et arrive à ouvrir un compte bancaire secret.

Halima revient de Centrafrique avec un secret pour rendre l'époux de Safira fou amoureux d'elle. Safira suit le conseil, mais, en parallèle, décide de s'instruire comme l'est Ramla. Elle apprend à lire et à écrire et passe le permis en même temps que sa coépouse. Si elle se rapproche de Ramla, elle continue cependant à vouloir la supplanter dans le cœur de leur époux. Pour cela, elle se fait douce, tendre et désirable et n'hésite pas à tendre des pièges à sa rivale. Elle va jusqu'à faire croire que celle-ci a une aventure, ce qui attire sur elle la fureur de son époux.

Suite à cette dispute, Ramla fait une fausse couche. Alors qu'elle est hospitalisée, son époux ne vient pas la voir. Safira, enceinte elle aussi, poursuit sa grossesse. Elles finissent par parler à cœur ouvert, Safira expliquant que ce n'est pas à elle personnellement qu'elle en veut, mais à son statut de coépouse, et Ramla l'informant qu'elle n'a jamais voulu de ce mariage.

Un jour Ramla disparait. Son époux constate sa disparition sans émotion particulière ; il explique à Safira qu'il va prendre une autre coépouse. Safira craint moins l'avenir. Elle est à présent davantage rassurée de sa place de *daada-saaré*.

ÉTUDE DES PERSONNAGES

RAMLA

Ramla a 17 ans. Douée à l'école, elle est en terminale scientifique. Contrairement aux filles de son entourage, elle désire étudier. Son ambition est de devenir pharmacienne. Elle a envie « d'avoir un emploi, de conduire sa voiture, de gérer son patrimoine » (p. 34). C'est la seule de sa famille, avec son frère Amadou, à suivre cette voie.

D'une grande beauté selon les critères en vigueur au Sahel – « Teint clair presque blafard, cheveux soyeux et longs, traits fins » (p. 36) –, elle est très courtisée. Pour pouvoir continuer ses études, elle doit donc décourager ceux qui la demandent en mariage, ce qui rend sa mère hors d'elle quand il s'agit de bons partis. Seul Aminou, qui partage les mêmes ambitions qu'elle, arrive à éveiller en elle des désirs de mariage qui, malheureusement, ne pourront pas aboutir puisqu'on la marie de force à Alhadji Issa. Cet homme plus âgé l'a remarquée alors qu'elle était sur le chemin de l'école. Ébloui par sa beauté, il est également fier que sa deuxième épouse soit éduquée et parle français couramment. Il l'emmène souvent en voyage, ce qui rend particulièrement jalouse Safira, la première épouse. Entre les deux femmes existe une entente de façade, qui cache une rivalité que Ramla tente sans succès de désactiver. Malgré tous ses efforts, elle n'arrivera pas à créer une relation de solidarité et d'entraide avec Safira qui ne pense qu'à retrouver sa première place au sein du mariage.

Si Ramla ne peut dire non à l'union qui lui est imposée, elle ne se soumettra qu'extérieurement, jusqu'à trouver une issue. Elle semble être le personnage le plus proche de l'autrice.

HINDOU

Jeune fille sage, réservée et docile, elle est la demi-sœur de Ramla, de qui elle n'a été proche que dans leur plus tendre enfance. Nées la même année, elles se sont éloignées à cause des querelles de leurs mères. Elle est mariée de force à son cousin Moubarak, dont elle condamne les frasques et craint la violence. Son mariage se révèlera un véritable chemin de croix, entre trahison, coups et viol conjugal. Elle fugue pendant un mois, mais est retrouvée par sa famille. Elle tombe enceinte après un an de mariage et accouche d'une fille. Peu à peu, sa douleur se transforme en folie dans laquelle elle s'enferme pour se protéger de la dureté de son existence.

Son personnage est le symbole même du martyre vécu par toutes les jeunes filles peules mariées de force.

SAFIRA

Femme d'une trentaine d'années, d'une grande beauté. Elle est la première femme d'Alhadji Issa, qu'elle a épousé il y a vingt ans et avec qui elle a eu six enfants. Peu instruite, elle parle mal le français, contrairement à sa coépouse, Ramla. Au contact de cette dernière, elle décide d'ailleurs de s'instruire, apprend à lire et à écrire. Elle passe même le permis de conduire. Elle vit dans l'opulence que lui procure son mari et compte bien garder celui-ci, quitte à user pour cela de coups bas.

Son personnage met en lumière à quel point les femmes, d'abord victimes, ont une part de responsabilité dans la perpétuation du système qui les oppresse.

ALHADJI BOUBAKARI

Père de Ramla et Hindou, Alhadji Boubakari est un homme d'affaires qui fait partie de la génération des Peuls sédentarisés. Il vit dans une concession aisée à Maroua, au nord du Cameroun. « Bel homme, la soixantaine alerte. Digne en toutes les circonstances, toujours impeccablement vêtu, il porte une *gandoura* amidonnée et un bonnet assorti » (p. 27). Il a une trentaine d'enfants, de quatre épouses différentes. Il vit selon les règles de la société musulmane traditionnelle et est le garant de celles-ci auprès de sa descendance. Au courant des difficultés de ses filles au sein de leur mariage, il y reste totalement indifférent.

MÈRE DE RAMLA

C'est une très belle femme (la peau claire, les yeux noisette et les cheveux noirs) d'une cinquantaine d'années qui a vécu une dizaine de grossesses. Elle est la première épouse du père de Ramla. « Elle a l'heureuse faculté de tout accepter, de tout supporter et, surtout, de tout oublier... ou de faire semblant ! » (p. 30).

C'est une femme soumise à son époux, qui recommande à sa fille Ramla de rentrer dans le rang en faisant le beau mariage qu'on lui demande et en arrêtant les études qui ne lui seront d'aucune utilité dans sa vie d'épouse et de mère. Face aux épreuves qui sont celles des femmes dans la société peule, elle n'a qu'une réponse : courber l'échine. C'est le message qu'elle transmet à Ramla : « Tu feras ce que ton père et tes oncles te diront. D'ailleurs, as-tu le choix ? Épargne-toi des soucis inutiles, ma fille. Épargne-moi aussi, car ne te leurre pas, la moindre de tes désobéissances retombera invariablement sur ma tête » (p. 43).

AMRAOU

Quatrième épouse d'Alhadji Boubakari, elle a 35 ans et est la mère d'Hindou. Elle avait 14 ans quand sa sœur est morte, laissant derrière elle son mari et trois enfants. Elle a remplacé sa défunte sœur auprès de celui qui, de beau-frère, est devenu son époux.

Orgueilleuse, elle tient tête à son mari dans quelques circonstances, sans toutefois aller jusqu'à remettre en question le système patriarcal dans lequel elle évolue. Pour elle, la vie des femmes est difficile, mais il convient de l'accepter.

ALHADJI ISSA

Politicien, il est « l'homme le plus important de la ville » (p. 42) et l'image même de l'opulence. Marié pendant vingt ans à Safira, il décide de prendre une seconde épouse quand il croise Ramla. Sourd aux sentiments de ses deux épouses, le plus important pour lui est que son foyer soit paisible et que sa situation reste florissante.

MOUBARAK

Jeune homme dont les ambitions ont été contrariées par son père, Moussa, qui n'a pas voulu lui prêter une somme d'argent pour monter un magasin de chaussures à Douala, il est tombé dans la drogue et l'alcool. Un jour, totalement ivre, il a violé la domestique de sa mère. Violent quand il a bu, il entretient des liaisons au vu et au su de sa femme qu'il frappe et viole quasi quotidiennement.

AMADOU

Frère de Ramla. Assidu dans ses études, il refuse la voie tracée par son père. La fin du roman laisse entendre qu'il pourrait avoir été l'outil de la libération de sa sœur.

AMINOU

Meilleur ami d'Amadou, il sympathise avec Ramla. Il étudie la télécommunication en Tunisie afin de devenir ingénieur. Il demande Ramla en mariage. Quand il apprend que le père de celle-ci veut donner sa fille à un autre homme, il demande au patriarche de changer d'avis et de respecter la parole donnée. Aidé par Amadou, il prend à témoin des jeunes de la ville, qui sont envoyés en prison par Hayatou, l'oncle puissant de Ramla. Il repart en Tunisie, désespéré.

CLÉS DE LECTURE

UN ROMAN ETHNOGRAPHIQUE

> *Ethnographie : « étude descriptive des mœurs des coutumes des peuples, de leur organisation économique et sociale. »*

Djaïli Amadou Amal encadre son roman de plusieurs mentions hors texte. En effet, *Les Impatientes* s'ouvre sur un avertissement au lecteur, « Cet ouvrage est une fiction inspirée de faits réels », qui place d'emblée le texte dans un contexte réaliste, tout de suite précisé par les proverbes peul, arabe et africain qui ouvrent chacune des parties du récit.

Le premier proverbe (qui précède même la dédicace) : « *Munyal defan hayre* "La patience cuit la pierre" », est un proverbe peul qui nous indique plus précisément encore quelle culture va être ici « l'objet d'étude ». Et en effet, dès les premières pages, le personnage du père est inscrit dans un groupe ethnique bien défini : « Alhadji Boubakari fait partie de la génération des Peuls sédentarisés qui ont quitté leur village natal et se sont installés en ville » (p. 27). Le récit prend ainsi place dans un lieu circonscrit : le nord du Cameroun, et plus particulièrement la ville de Maroua. C'est donc les mœurs de cette population, vivant dans cet endroit spécifique, que l'autrice va nous faire découvrir, telle une ethnographe.

Cette mission qu'elle s'assigne est visible à travers l'usage fréquent de l'italique qui met en valeur les mots de la culture peule qui émaillent le récit. Ces termes (*gandoura, tégal, zawleru, dilké, pulaaku*, etc.) sont compréhensibles pour un lecteur occidental, grâce au contexte qui les définit (une seule note de bas de page explique une tradition particulière qui consiste à répudier une femme à trois reprises) ou à des explications que glisse l'autrice au sein même du texte :

> « Nous habitons dans ce que nous appelons au Cameroun septentrional, une concession. Entourée d'une enceinte de très hauts murs, qui empêchent de voir à l'intérieur, elle abrite le domaine de mon père. Les visiteurs n'y pénètrent pas ; ils sont reçus à l'entrée dans un vestibule que, dans la tradition de l'hospitalité peule, nous nommons le *zawleru*. Derrière s'ouvre un espace immense dans lequel se dressent plusieurs bâtiments : d'abord l'imposante villa de mon père, l'homme de la famille, puis le *hangar*, une sorte de portique sous lequel on reçoit les invités, enfin les habitations des épouses où les hommes ne pénètrent pas. » (p. 29)

> « Le *defande*, le tour de cuisine, pour chacune durait vingt-quatre heures : il commençait le soir et se terminait après le déjeuner du matin. » (p. 100)

Pour le reste, la description qui est faite de la vie telle qu'elle se déroule dans « une maison peule, semblable à toutes les concessions aisées de Maroua, au nord du Cameroun » (p. 28) se déploie grâce à l'intrigue ; le regard des trois jeunes femmes, surprises elles-mêmes par la situation qu'elles vivent, nous aide à pénétrer cette société très fermée :

« Ma chère Safira, voici la nouvelle mariée, ton *amariya*. Son nom est Ramla. C'est ta petite sœur, ta cadette, ta fille. Sa famille te la confie. C'est à toi de l'aider désormais, en lui promulguant tes conseils, en lui montrant le fonctionnement de la concession. C'est toi la première épouse, la *daada-saaré*. Et, comme tu le sais, la *daada-saaré* est le guide de la maison, celle qui veille à l'harmonie du foyer. » (p. 24-25)

Ainsi, c'est donc à travers le regard des personnages que l'autrice nous fait découvrir la culture peule, l'ambition ethnographique s'adossant à la fiction, comme l'avertissement nous l'avait bien indiqué : « Cet ouvrage est une fiction inspirée de faits réels ».

ROMAN POLYPHONIQUE

> *« La polyphonie romanesque est la pluralité des voix et des consciences indépendantes et distinctes dans une œuvre. »*
>
> *Mikhaïl Bakhtine*

Si Djaïli Amadou Amal fait, dans *Les Impatientes*, œuvre d'ethnographe, elle n'en oublie pas moins de construire une intrigue et des personnages littéraires. En effet, c'est à travers les points de vue des trois protagonistes, qui se partagent la narration, que nous allons pénétrer la société aisée camerounaise.

Construit en trois parties distinctes portant chacune le nom d'un personnage, le roman combine donc trois points de vue pour nous donner une vision plus globale de la condition féminine dans le Sahel musulman.

Assumant tour à tour le rôle de narratrice, Ramla, Hindou et Safira entremêlent leurs voix pour composer un roman polyphonique que le recours au discours direct rend d'autant plus percutant : « Moi, je suis différente. Je l'ai toujours été », déclare à la page 33 Ramla avant de passer le relai à sa demi-sœur Hindou : « À peine sortie de l'adolescence que déjà je me tasse. C'est comme si inconsciemment je voulais disparaitre sous terre et me rendre invisible. Le teint blafard, je traine ma maigreur squelettique » (p. 126), puis à Safira : « Je suis la *daada-saaré* » (p. 187).

Chacune des protagonistes prend la parole pour témoigner des difficultés qu'elle rencontre au sein de son mariage – mariage forcé pour Ramla et Hindou, obligation d'accepter une coépouse pour Safira –, mais aussi des solutions trouvées individuellement pour y échapper : la fuite pour Ramla, la folie pour Hindou et la compétition pour Safira.

À travers ce dernier personnage, on découvre également à quel point la femme, d'abord victime, peut retourner la violence qui lui est faite sur une de ses semblables : « Je ne suis pas méchante. On m'oblige à l'être. Je n'ai pas choisi de faire cette guerre. Mais m'en laisse-t-on le choix ? » (p. 186).

Par ailleurs, à ces récits à la première personne que font les personnages principaux de leur mariage s'ajoutent des discours secondaires : celui de la mère d'Hindou à la page 116 – « Pour me consoler, elle me raconta sa propre histoire, et ce pour la première fois. Bien sûr je l'avais déjà entendue par bribes, mais jamais de sa bouche. […] "Tu sais, Hindou, moi non plus je n'ai pas choisi d'épouser ton père" » – ou plus loin celui d'Halima – « "Allons dans la chambre, vite ! J'ai des choses importantes à te raconter !" fait Halima, tout excitée » (p. 211).

Ces récits secondaires mettent en lumière la part de responsabilité qui est celle des femmes qui tiennent leurs filles dans l'oppression qu'elles-mêmes ont subie : « Chacune revivait, à travers nous, sa propre angoisse et ses désillusions, ce que je ne compris que des années plus tard » (p. 71). Premières victimes de ce système, elles en sont également les garantes puisqu'elles ne le remettent pas en question et ne développent aucun lien de solidarité entre elles. Alors qu'elles pourraient devenir des alliées, elles préfèrent rester des rivales : « La concession d'oncle Moussa est l'exemple même d'une polygamie chaotique. Depuis toujours on entend toutes sortes de scandales. Les coépouses, rivales acharnées, […] en viennent aux mains » (p. 85). Le comportement de Safira à l'égard de Ramla montre comment les femmes se laissent monter les unes contre les autres.

Ce sont donc plusieurs témoignages de femmes qui se répondent pour dresser un portrait glaçant des violences qu'elles subissent dans leur propre communauté : mariage forcé, polygamie, violences domestiques, viol conjugal, etc. La multiplication des voix narratives amplifie la portée du réquisitoire dressé par l'autrice contre les violences faites aux femmes. En effet, les trois voix principales se complètent pour lancer un même cri de révolte.

UNE PAROLE ENGAGÉE

*« C'est l'histoire de mes sœurs, de mes amies,
de mes voisines, des femmes de par le monde.
C'est tout cela réuni en une fiction afin de sensibiliser
le public à un sujet encore tabou dans notre société. »*

Djaïli Amadou Amal

Du réquisitoire...

En évoquant le destin de ces trois femmes peules, dont l'histoire peut se rapprocher de sa propre expérience, Djaïli Amadou Amal, mariée de force à 17 ans, prend fait et cause pour toutes les femmes opprimées. À travers la description, sans effet de manches mais sans tabous, des violences auxquelles doivent faire face les toutes jeunes mariées, elle déploie un réquisitoire implacable qui ne tait aucun abus et ne donne aucune excuse.

Elle dit par exemple l'horreur du viol conjugal : « Une fois que je suis allongée près de lui, Moubarak me viole en guise de consolation, non sans oublier que c'est de ma faute s'il me frappe, que je réussis toujours à le mettre hors de lui » (p. 131).

Critiquant cette société polygame et traditionaliste, elle met en lumière l'hypocrisie qui sous-tend ce système :

« Moubarak a, sous mes yeux, des relations avec sa maitresse dans la chambre conjugale. Mais c'est moi, la fautive. C'est moi qui manque de patience !

> Moubarak a ramené sa maitresse au foyer conjugal,
> et c'est la faute de mes marâtres qui ont dû me je-
> ter un sort. C'est la faute de ma belle-mère qui me
> déteste, c'est la faute de cette fille qui l'a charmé,
> c'est la faute de ma mère qui n'a pas su se protéger
> ni me protéger. » (p. 124)

On voit à quel point cette société patriarcale ne peut fonctionner qu'en rejetant la faute sur les femmes, mais également en s'assurant de leur collaboration. La juxtaposition des points de vue rend en effet visible le peu de communication entre les différentes narratrices, le manque de solidarité entre elles.

… à l'espoir

Mais au milieu de cette noirceur, Djaïli Amadou Amal, qui se présente comme « la voix des sans voix », laisse cependant filtrer un léger rayon de soleil, un fragile espoir. En effet, si Hindou s'abime dans la folie et Safira s'obstine dans son rôle de *daada-saaré*, cautionnant par là même le système de la polygamie, le personnage de Ramla introduit une forme d'espoir au sein de cette société refermée sur elle-même.

Dès le départ, la jeune fille est présentée comme « différente » du fait des études dans lesquelles elle s'épanouit. Contrainte de les abandonner au moment de son mariage forcé avec Alhadji Issa, elle ne perd jamais de vue ses ambitions et n'entre pas dans le jeu de la compétition entre épouses. C'est d'ailleurs à son contact que Safira commence à suivre des cours d'alphabétisation :

« Je pouvais maintenant lire et écrire. Je pouvais utiliser mon téléphone et envoyer des messages. Tous ces progrès me galvanisaient. Quand Ramla émit l'idée d'apprendre à conduire, je sautai sur l'occasion et me joignis à elle » (p. 219).

Malheureusement, Safira ne prolongera pas cette expérience de sororité, reprenant ensuite son travail de sape pour s'assurer la première place auprès de son époux.

Ramla, de son côté, ne renoncera pas à ses idéaux et finira par arriver à fuir ce mariage forcé : « Elle aurait suivi en cachette des cours par correspondance. Elle avait emporté ses bijoux en or et se trouverait à présent à Yaoundé chez son frère » (p. 237).

Comment ne pas voir en ce personnage et son destin un reflet de l'autrice qui a réussi, après cinq années de vie commune, à quitter le mari qu'on lui avait imposé ? Devenue militante féministe, Djaïli Amadou Amal s'engage en donnant la parole à celles qui ne l'ont pas. En mettant des mots sur les souffrances, en décortiquant la façon dont le système patriarcal écrase les femmes, elle agit pour que cessent ces violences, pour qu'un jour Ramla, Hindou et Safira puissent parler et vivre librement.

PISTES DE RÉFLEXION

QUELQUES QUESTIONS
POUR APPROFONDIR SA RÉFLEXION...

- Selon vous, pourquoi ce roman s'intitule-t-il *Les Impatientes* ?

- Dans ce roman dont les trois narratrices sont des femmes, quelle place ont les hommes ? Pourquoi ne pas leur avoir donné la parole ?

- Y a-t-il des points communs entre les trois personnages principaux (Ramla, Hindou et Safira) ? En quoi ces femmes diffèrent-elles ?

- L'histoire se déroule dans une concession camerounaise. En quoi ce lieu est-il déterminant ? L'intrigue aurait-elle pu se développer dans un autre cadre ?

- Pourquoi Djaïli Amadou Amal a-t-elle choisi la forme du roman choral ?

- L'éditrice Emmanuelle Collas explique avoir retravaillé le texte avec l'autrice pour qu'il « devienne universel ». Pensez-vous qu'elles ont réussi ?

- En quoi utiliser la fiction pour aborder des thèmes comme le viol conjugal ou la polygamie vous semble pertinent ?

- On relève dans le texte un large champ lexical de la possession, y voyez-vous une raison particulière ?

- Alors que Simone de Beauvoir écrivait « On ne nait pas femme, on le devient », on lit ici : « Une femme nait avant tout épouse et mère » (p. 120). Quelle réflexion ces deux phrases vous inspirent-elles ?

POUR ALLER PLUS LOIN

ÉDITION DE RÉFÉRENCE

- Amadou Amal D., *Les Impatientes*, Paris, Éditions Emmanuelle Collas, 2020.

ÉTUDES DE RÉFÉRENCE

- Bakthine M., *Esthétique et théorie du roman*, Paris, Gallimard, 1978.

- Breant H., « De la littérature féminine africaine aux écrivaines d'Afrique », in *Afrique contemporaine*, n° 241, 2012 : pp. 118-119.

- Guchereau. A, « Emmanuelle Collas : "Je voulais redonner aux *Impatientes* ses lettres de noblesse" » (2020), in *www.livreshebdo.fr*, consulté le 08/09/2021. URL : https://www.livreshebdo.fr/article/emmanuelle-collas-je-voulais-redonner-aux-impatientes-ses-lettres-de-noblesse.

Votre avis nous intéresse !
Laissez un commentaire sur le site de votre librairie en ligne
et partagez vos coups de cœur sur les réseaux sociaux !

lePetitLittéraire.fr

- un résumé complet de l'intrigue ;
- une étude des personnages principaux ;
- une analyse des thématiques principales ;
- une dizaine de pistes de réflexion.

**Retrouvez
notre offre complète sur**
lePetitLittéraire.fr

www.lepetitlitteraire.fr

ISBN version numérique : 9782808023351
ISBN version papier : 9782808023368
Dépôt légal : D/2021/12603/8

Conception numérique : Primento,
le partenaire numérique des éditeurs.

9 782808 023368